Geronimo Stilton

RETOUR À CASTEL RADIN

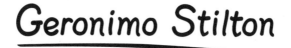

D0451024

ALBIN MICHEL JEUNESSE

GERONIMO STILTON
SOURIS INTELLECTUELLE,
DIRECTEUR DE *L'ÉCHO DU RONGEUR*

TÉA STILTON
SPORTIVE ET DYNAMIQUE,
ENVOYÉE SPÉCIALE DE *L'ÉCHO DU RONGEUR*

TRAQUENARD STILTON
INSUPPORTABLE ET FARCEUR,
COUSIN DE GERONIMO

BENJAMIN STILTON
TENDRE ET AFFECTUEUX,
NEVEU DE GERONIMO

Un appel pour Monsieur Stilton !

On aurait dit une matinée comme toutes les autres.

Comme d'habitude, je me levai de très bonne humeur.

Comme d'habitude, j'allai au bureau à *l'Écho du rongeur*.

Comme d'habitude, je saluai mes collaborateurs.

Une réunion venait de commencer dans la salle de rédaction, mes collaborateurs cherchaient une idée pour une nouvelle rubrique dans notre journal, mais... sur quel sujet ?

Ils m'expliquaient tout cela quand le téléphone sonna : Dring dring drinnnnnnnng !

Je décrochai :

– Allô, ici Stilton, *Geronimo Stilton !*

J'entendais plein de **parasites** sur la ligne. *Bzzz... bzzzzzzz...*

Une standardiste m'annonça d'une voix nasale :

– Monsieur Stilton, acceptez-vous un appel téléphonique **à la charge du destinataire** ?

Bzzz... bzzzzzzz...

Tout cela me parut très bizarre !

La standardiste insista :

– « Un appel téléphonique à la charge du destinataire », cela signifie que c'est vous qui payez ! Vous acceptez ? Hein ? Bzzz... Vous acceptez, oui ou non ? Vousacceptezvousacceptezvousacceptez ?

Vous savez, je n'ai pas que ça à faire, moi, d'attendre que vous vous décidiez ! Bzzz... bzzzzzzz...

– Euh, excusez-moi, j'étais distrait, j'accepte, bien sûr ! murmurai-je.

Soudain, j'entendis une voix familière qui chicotait :

– Geronimo ? C'est toi, Geronimo ?

Bzzz... bzzz... bzzz...

Je la reconnus aussitôt. C'était la voix de mon oncle Demilord Zanzibar !

J'AI LES MOUSTACHES QUI SE TORTILLENT...

Oncle Demilord s'écria :

– Geronimoooo ! Je t'appelle pour t'inviter à *Castel Radin*, pour la *cérémonie* qui se déroulera le 31 octobre. Tu viens ? Hein ?

J'étais surpris :

– Quelle *cérémonie* ?

Il **CRIA** :

– La *cérémonie*, Geronimo !

LA C-É-R-É-M-O-N-I-E !

– Oui, mais laquelle ?

– Geronimo ! **Tous** les parents seront là, il ne manquerait que T O I à cette *cérémonie* !

– Mais quelle *cérémonie* ? criai-je.

Il poursuivit :

– Et puis j'ai tout organisé !

Tu ne veux tout de même pas me faire gaspiller tout ce que j'ai préparé... Je t'attends avec Benjamin, Téa et TRAQUENARD pour la *cérémonie*...

Là, je poussai un hurlement, j'étais tellement exaspéré que j'avais les moustaches qui se tortillaient :

– Q-u-e-l-l-e c-é-r-é-m-o-n-i-e ???

Q-u-e-l-l-e c-é-r-é-m-o-n-i-e ???

Après quoi la conversation fut coupée.

Tout cela me parut très **bizarre** !

Entre la famille *Stilton* et la famille **Zanzibar**, les rapports ne sont pas au beau fixe. Vous savez pourquoi ?

Euh, c'est-à-dire que les Zanzibar sont un peu **« radins »**...

Si vous cherchez le mot « radin » dans le DICTIONNAIRE, vous trouverez cette définition :

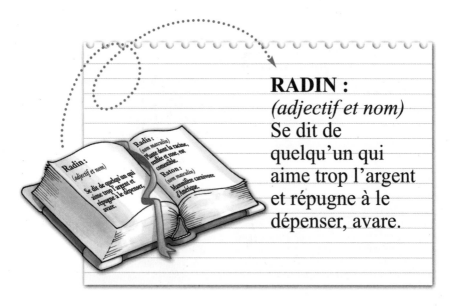

RADIN :
(adjectif et nom)
Se dit de quelqu'un qui aime trop l'argent et répugne à le dépenser, avare.

J'annonçai à ma sœur Téa, à mon cousin TRAQUENARD et à mon neveu Benjamin que nous étions invités à Castel Radin par oncle Demilord. Et voici leurs réactions :

Je ne veux pas aller à Castel Radin ! Il y fait froid, parce que tonton n'allume jamais le chauffage (pour faire des économies !).

Je ne veux pas aller à Castel Radin ! On y meurt de faim, parce que tonton ne remplit jamais son réfrigérateur (pour faire des économies !).

Je ne veux pas aller à Castel Radin ! J'ai peur du noir, parce que tonton n'allume jamais les lumières (pour faire des économies !).

La Famille Zanzibar

Les Zanzibar sont originaires de la Vallée de l'Avarice, où se dresse leur château ancestral : Castel Radin. C'est là que, depuis des années, vivent Oncle Demilord, son fils Rejeton et sa sœur cadette Bigoudine. Les Zanzibar sont parents des Stilton, parce que, il y a des années de cela, l'arrière-grand-père d'oncle Demilord, Astolphe Balépattes Zanzibar, épousa Blanchequeue Stilton, arrière-grand-mère de Geronimo. Malgré cette parenté, les deux familles ne s'entendent guère, car les Zanzibar sont très radins ! Ils ne se voient qu'à l'occasion de cérémonies familiales, comme des mariages ou des enterrements, qui se déroulent au château des Zanzibar.

Demilord Zanzibar

Chef de la famille Zanzibar, Demilord est un véritable champion de la radinerie.

Il dit toujours : « Je dois donner l'exemple aux autres Zanzibar ! » et il se vante de découvrir sans cesse de nouvelles méthodes pour faire des économies. Par exemple, il se lève avant l'aube pour aller lire le journal du voisin, avant que celui-ci ne se réveille ! Il se lave sans savon, pour ne pas user la savonnette (et pour ne pas dépenser d'argent). Quand il se peigne les moustaches, le matin, il conserve les poils qui restent entre les dents du peigne et il s'en sert ensuite comme fil dentaire ! Il récolte les peluches qui se forment sur les chandails pour rembourrer les coussins ! Il porte ses pantalons à l'endroit et à l'envers pour moins avoir à les laver ! Il conserve tous les pots de yaourt vides et s'en sert de verres ! Quand il prépare du thé, il ne plonge le sachet dans l'eau qu'un bref moment, et vlan, il le ressort aussitôt. « Comme ça, les sachets de thé durent des années », dit-il !

Moi,
ça m'est égal...

Je réussis quand même à convaincre tout le monde de **PARTIR** : la famille, c'est important ! Et puis il y avait la *cérémonie* !

Téa hurla :

– Bon, d'accord, on y va, mais c'est quoi, comme *cérémonie* ? En tout cas, nous voyagerons dans ma voiture de sport décapotable...

...une voiture de sport, c'est mieux

...ma fourgonnette est parfaite !

Traquenard marmonna :

– Bon, d'accord, on y va, mais c'est quoi, comme *cérémonie* ? En tout cas, j'aurais honte de monter à bord de cette voiture rose pour petite fille. Si mes amis me voyaient, ce serait la fin ! Nous voyagerons dans ma fourgonnette...

Benjamin chicota :

– Bon, d'accord, on y va, mais c'est quoi, comme *cérémonie* ? En tout cas, ce serait mieux de voyager en avion...

– Moi, ça m'est égal, soupirai-je, même si nous ne savons pas ce que c'est, comme *cérémonie* ! Il suffit que vous arrêtiez.

Moi, ça m'est égal...

...je préfère l'avion !

En route pour Castel Radin

1. COL DE LA SOLITUDE
2. MONTS RADINEUX
3. RIVIERE LEPARGNE
4. VALLEE DE L'AVARICE
5. PETIT LAC
6. BOURGSILENCE
7. CASTEL RADIN

Vous savez bien que je n'aime pas que ma famille se DISPUTE !

Téa en profita pour *sauter* dans sa voiture :

– Tu as bien raison, Geronimo ! Allez, on prend la mienne !

Nous étudiâmes l'ITINÉRAIRE sur la carte de l'Île des Souris. Puis nous partîmes. En FIN DE SOIRÉE, nous arrivâmes enfin dans la VALLÉE DE L'AVARICE, au milieu des MONTS RADINEUX.

On a baptisé cette région la VALLÉE DE L'AVARICE parce que la nature y est avare de tout. Il n'y a *pas beaucoup* d'eau, *pas beaucoup* de lumière et donc *pas beaucoup* de plantes.

Il n'y a *pas beaucoup* d'animaux : *pas beaucoup* d'oiseaux dans le ciel, *pas beaucoup* de poissons dans les rivières, *pas beaucoup* d'écureuils dans les forêts !

Les HABITANTS de la vallée eux-mêmes ne sont *pas nombreux* et ne parlent *pas beaucoup (pour économiser leur souffle !)*.

Pour pénétrer dans la vallée, il faut franchir un col qui n'est *pas très* connu, le COL DE LA SOLITUDE, parcourir une ROUTE qui n'est *pas très* fréquentée, parce qu'elle n'a jamais été goudronnée *(pour faire des économies !)*.

Au fond de la vallée coule la RIVIERE LEPARGNE, un affluent du fleuve Souris, où il n'y a **TOUJOURS** pas beaucoup d'EAU. La rivière se jette dans le PETIT LAC, un miroir d'eau où il n'y a *pas beaucoup* de truites, *pas beaucoup* de canards et *pas beaucoup* de ROSEAUX. Avant d'arriver à Castel Radin, nous traversâmes une petite ville, BOURGSILENCE, où ne passe qu'*une seule* route à *une seule* voie. Nous n'y vîmes *pas beaucoup* de magasins, qu'*une seule* place et *pas beaucoup*, *vraiment pas beaucoup* d'habitants.

Le temps s'était dégradé pendant le voyage et le ciel noir annonçait la tempête.

Un vent glacial et cinglant commença à souffler !

Puis il se mit à pleuvoir !

Et à tonner ! Badabam Badabam

Badabam Badabam Badabam

Et la foudre tombait !

Nous continuâmes jusqu'à un pic trèS élevé au sommet duquel se dressait… *Castel Radin* !

La foudre frappa le château d'oncle Demilord !

Brrrrrrr ! Quelle trouille féline !

UNE CÉRÉMONIE TRISTE TRISTE TRISTE... ET MÊME TRÈS TRISTE !

Nous frappâmes au portail de *Castel Radin*.

Un rongeur au museau POINTU vint nous ouvrir : il avait un pelage couleur noisette, des sourcils blancs en **broussaille** et était tout de noir vêtu, comme un **CROQUE-MORT**.

C'était oncle **Demilord** ! Il sanglotait, les larmes *giclaient* de ses yeux comme d'une fontaine. Mais au lieu d'utiliser son mouchoir, il essuya ses *larmes* à la manche de ma *veste* !

J'aurais voulu **protester**, mais il semblait si malheureux que je n'osai rien dire.

Mon oncle beugla :

— Mes chers, mes *très chers*, mes *très très chers* neveux ! Merci d'être arrivés à temps pour la *cérémonie* !

— Euh, voilà, justement, de quelle *cérémonie* s'agit-il ? demandai-je.

Inconsolable, oncle Demilord essuya de nouvelles larmes au col de ma *veste* :

Haaaaaaaaaaaaaaaaaaaaaaaaaaa,

c'est une triste *cérémonie* *très* triste, *très très* triste !

— Oui, mais de quelle *cérémonie* s'agit-il ?

Il essuya d'autres larmes à la poche de ma *veste* :

_Hééééééééééééééééééééééééééé,
je n'arriverai pas à te l'expliquer,
je pleure trop.

– Mais enfin, c'est quoi, cette
cérémonie ?

Il se MOUCHA dans ma *cravate* :

_Hiiiiiiiiiiiiiiiiiiiiiiiiiiiii,
je vais tout vous expliquer.
Fiiiiiiiiiiiiiiiiiii, dit-il en continuant de se moucher.
C'est alors que je hurlai :

– Mais c'est quoi, la *cérémonie* ? Tu vas le
dire ? Je n'en peux plus ! Et arrête de te moucher
dans mes vêtements, **s'il te plaît !**

_Houuuuuuuuuuuuuuuuuuuu, je vais te le dire,
puisque tu insistes : oncle Zébulon Zanzibar nous
a quittés, bref, il n'est plus là, bref, il a disparu,
bref, il a CLAQUÉ !

Nous nous écriâmes en chœur :

– Oncle Zébulon a claqué ?

Tout cela me parut très bizarre !
Et puis… qui était cet oncle Zébulon ?
Aucun de nous ne le connaissait !
La foudre tomba à quelques pas de
nous, éclairant le château
d'une lueur SINISTRE.

– Ah, quel sale temps ! hurlai-je, épouvanté.
Oncle Demilord, au contraire, était ravi.

– Moi, c'est le temps que je préfère : avec les
éclairs, pas besoin d'allumer les lampes *(on peut
économiser sur l'électricité !).*

Je criai :

– Oncle Demilord, POUVONS-NOUS ENTRER ?
Dehors, il pleut à verse !

Tonton ricana :

– Merveilleux !

Comme ça, pas besoin
de PRENDRE UNE
DOUCHE *(on pourra
économiser sur l'eau !).*

Mais qui était oncle Zébulon ?

Oncle Demilord nous fit entrer et nous GUIDA
le long de couloirs sombres, privés de lumière
électrique *(pour faire des économies !)*.
Pour éclairer, il tenait un chandelier en fer
forgé à cinq branches mais avec une seule bougie
(pour faire des économies !).
Depuis ma dernière visite, le château semblait
s'être encore bien **DÉGRADÉ**. Il aurait vraiment
eu besoin d'être RESTAURÉ !
La pluie *gouttait* du plafond, le sol était cri-
blé de trous et les murs étaient tout moisis.
Téa demanda :
– Mais quel âge avait oncle Zébulon ?

Demilord marmonna :

– Euh… soixante ans, peut-être… ou soixante-dix *ou plutôt, non,* quatre-vingts !

Traquenard demanda :

– Mais quel était le métier d'oncle Zébulon ?

– Euh… peintre, peut-être… ou maître nageur… *ou plutôt, non,* avocat !

Benjamin demanda :

– Mais où habitait oncle Zébulon ?

– Euh… à Roquefort, peut-être… ou à Port-Beurk… ou plutôt, non, à Bourgsilence !

– Mais enfin, qui était oncle Zébulon ? demandai-je.

– Pfff, oncle Zébulon était… l'héritier de tout le patrimoine des Zanzibar ! Tout lui appartenait. Même ce château, en réalité, était à lui !!!

Tout cela me parut très bizarre !

LA FAMILLE STILTON !

Enfin, nous arrivâmes dans l'immense SALLE DES BANQUETS.

Tous nos parents étaient réunis là, les *Stilton*, et les **Zanzibar**. Il y avait là tante Margarine, oncle **CANCOILLOTTE** avec leurs jumelles **Raclette** et **Fondue**. Il y avait grand-mère ROSÉ qui avait laissé grand-père *Rhododendron* s'occuper seul de leur usine pour venir assister à cette cérémonie. (Il fallait vraiment que ce soit important !)

Debout au milieu du salon, il y avait **GRAND-PÈRE HONORÉ**. Dès qu'il me vit entrer, il hurla :

– Alors, gamin ! Tu trouves que c'est une heure pour arriver ?

Allez, dépêche-toi ! Tu ne changeras pas !

Avec grand-père Honoré, il y avait Pina, tante Toupie et oncle *Épilon*.

Enfin, oncle Pétarade et oncle Artère ne manquaient pas à l'appel.

Soudain, quelqu'un JOUA de la trompette dans mon dos, et je sur^{sau}tai.

– *Pééééérépéééééé...*

Effrayé, je criai à tue-tête :

– QUI A FAIT ÇAAAAAAAAAAAAAAAAA ?

C'était oncle Pétarade, connu pour être un grand farceur !

Il s'écria :

– Plaisanterie !

Traquenard donna un coup de coude à oncle Pétarade et ricana :

– Geronimo est un froussard de première !

J'étais tellement **embarrassé** que je **rougis**.

La Famille Stilton

LE TESTAMENT D'ONCLE ZÉBULON

Oncle Demilord annonça :

– Et maintenant, Contrat Contraton, le notaire, va lire le **TESTAMENT** d'oncle Zébulon !

Le notaire, que je connaissais déjà, entra. Il feuilleta un **liasse** de papiers, puis s'éclaircit la voix et déclama :

Bla bla bla...

– Euh, donc, voici, mais, bref, presque, quoi qu'il en soit, peut-être, c'est-à-dire, en définitive, bien que, nonobstant, pourvaloircequededroit, en tant que de, ou bien, cependant, toutefois...

Toute la famille Stilton et toute la famille Zanzibar grondèrent :

– Allez, on n'en peut plus !

Le notaire marmonna :

– Je vous trouve bien impatients !

Un instant !

Puis il s'éclaircit la voix et commença à lire le **TESTAMENT** :

– *Moi, Zébulon Zanzibar, je lègue tout ce que je possède à…*

Toute la famille murmura :

– À… ?

– *Moi, Zébulon Zanzibar, je lègue tout ce que je possède à…*

Toute la famille cria :

– À… ?

– *Moi, Zébulon Zanzibar, héritier de tout le patrimoine de la famille Zanzibar, je lègue tout ce que je possède, c'est-à-dire le château des Zanzibar, à oncle Demilord !*

Oncle Demilord s'exclama :
– Hourra ! Oncle Zébulon me lègue ce château !!!
Tout cela me parut très bizarre !

*Moi, Zébulon Zanzibar,
héritier de tout le patrimoine
de la famille Zanzibar,
je lègue tout ce que je possède,
c'est-à-dire le château
des Zanzibar,
à oncle Demilord !
En foi de quoi j'ai signé
Zébulon Zanzibar*

Oncle Demilord s'écria :

– Pour *fêter* mon héritage, j'offre l'apéritif à tout le monde : *un grand verre d'eau*, c'est dépuratif *(et économique !)*.

Puis oncle Demilord **annonça** :

– Et maintenant, je vais prononcer une brève, une *très* brève, une *très très* brève **ORAISON FUNÈBRE** en l'honneur de ce cher oncle Zébulon !

Puis il **COMMENÇA** un long, un *très* long, un trèstrèstrèstrèstrèstrèstrèstrèstrèstrèstrès trèstrèstrèstrèstrèstrèstrèstrèstrèstrèstrès trèstrès-
trèstrèstrèstrèstrèstrèstrèstrèstrèstrès
trèstrèstrèstrèstrèstrèstrèstrèstrès trèstrèstrèstrèstrèstrèstrèstrèstrèstrès trèstrès-
trèstrèstrèstrèstrèstrèstrèstrèstrèstrès
trèstrèstrèstrèstrèstrèstrèstrèstrès trèstrèstrèstrèstrèstrèstrèstrèstrèstrès trèstrèstrèstrèstrèstrèstrèstrèstrèstrès*trèstrèstrès*
trèstrèstrèstrèstrèstrèstrèstrès trèstrèstrès-

très très très très très très très très   très très très très très-
très très très très très très très   très très très très très très-
très très très très très très très très très très très très très très
très très très très   très très très très très très très très très-
très très très   très très très très très très très très très très-
très très très très très très très très très très très très très très-
très très très très très très très très très très très très très très-
très très très très très très très très très très très très très   très-
très très très très très très très très très très très   très très-
très très très très très très très très très très très   très-
très très très très très très très très très très très   très très-
très très très très très très très très très très très   très très-
très très très très très très très très très très très   très-
très très très très très très très très très très très très   très-
très très très très très très très très très très très très très   très-
très très long discours.

Je serai bref, très bref, très très bref, je ne ferai pas un long discours, non non non, parce que je ne veux pas vous ennuyer avec mes paroles, je ne vous retiendrai pas ici car vous avez sans doute mieux à faire ailleurs, je ne parlerai pas pendant des heures en vous racontant des choses qui ne vous intéresseraient peut-être pas, des choses peut-être ennuyeuses, des choses qui n'ont d'intérêt que pour moi, puisqu'elles ne sont que mon point de vue personnel, ce que je sens, ce que je ressens, ce que je pressens, des choses que vous éviteriez volontiers d'avoir à entendre. Bref aujourd'hui je ne prononcerai pas une ennuyeuse, une très ennuyeuse, une très très ennuyeuse oraison funèbre, j'imagine que sinon

vous risqueriez de vous endormir, hé hé héééé, tandis que moi je me rends bien compte que vous n'avez peut-être pas du tout envie de m'écouter, et donc je serai bref. Je serai même très très bref, vous verrez comme il sera rapide, mon discours, ce sera foudroyant, ça passera en un éclair, je ne vous dirai que peu de chose, très peu de chose, très très peu de chose, et rien que des choses importantes, rien que des choses essentielles, rien que des choses élémentaires. Bref, je le répète (comme je vous l'ai déjà dit tout à l'heure, je vous l'ai bien dit, hein ? J'ai l'impression que oui, il me semble vous l'avoir déjà dit, évidemment, en tout cas c'est comme si je vous l'avais déjà dit...) donc je répète que je serai très bref, parce que je sais que les longs discours sont ennuyeux et je ne veux surtout pas vous ennuyer, non non non, absolument pas, voyons donc, il ne manquerait plus que je veuille vous ennuyer, mes chers parents, la famille est la chose la plus importante, dans la vie, ha ha haaa, même si nous sommes ici pour parler des morts, et votre bonheur me tient à cœur. Bref, je ferai un discours bref et rapide, j'essaierai de résumer en peu de mots, en très peu de mots, en très très peu de mots mes idées principales, et donc comme je le disais... enfin, il est temps d'enterrer l'oncle Zébulon et merci de votre attention !

JE SERAI BREF...
TRÈS BREF...
TRÈS TRÈS BREF !

Bien qu'il ait prononcé un *très très* long *discours*, je remarquai qu'oncle Demilord n'avait RIEN dit de précis sur oncle Zébulon.

Tout cela me parut très bizarre !

En bavardant avec les autres parents Stilton et Zanzibar, je remarquai qu'*aucun* d'eux ne semblait connaître oncle Zébulon.

Bref, le seul qui l'avait connu était oncle Demilord.

Tout cela me parut très bizarre !

Curieux, j'allai chercher le *Grand Livre de Famille* des Zanzibar, où sont répertoriés tous les membres de la famille, avec leurs noms, prénoms et PHOTOGRAPHIES. Mais le Grand Livre avait disparu !

Qui l'avait pris ?
Qui ?
Qui ??
Qui ???

Tout cela me parut très **bizarre** !

À un moment, oncle Demilord **annonça** d'un ton mélodramatique :

– Aaaaaah, pauvre Zébulon ! Comme il va nous manquer !

Il nous conduisit dans une pièce voisine de la Salle des Banquets et au milieu de laquelle trônait un **CERCUEIL**. Après quoi il sortit en refermant la porte.

Même si je n'avais absolument aucun souvenir d'oncle Zébulon, j'étais vraiment **navré** qu'IL NE SOIT PLUS LÀ. Je m'approchai du **CERCUEIL** mais, maladroitement, je trébuchai et le heurtai.

Comme il était ^{léger} ! On aurait dit qu'il était...
VIDE !

Je tendis la PATTE pour essayer de comprendre pourquoi il était aussi léger ①, mais à cet instant précis **oncle Demilord** revint et, épouvanté, s'exclama :

– Geronimo, arrête, que fais-tu ?

NE TOUCHE PAS ! ②

Dans son élan, oncle Demilord trébucha, heurta le cercueil et me le fit tomber sur la patte ! ③

– Aïïïïïïïïïïe ! hurlai-je. **④**

Oncle Demilord cria :

– Que **personne** ne touche au cercueil !
Oncle Zébulon… euh… nous a quittés à cause
d'une maladie très contagieuse, la… euh, la
sourilite aiguë !

J'étais vraiment étonné. Je n'avais JAMAIS
entendu parler de la sourilite aiguë !

Tout cela me parut très bizarre !

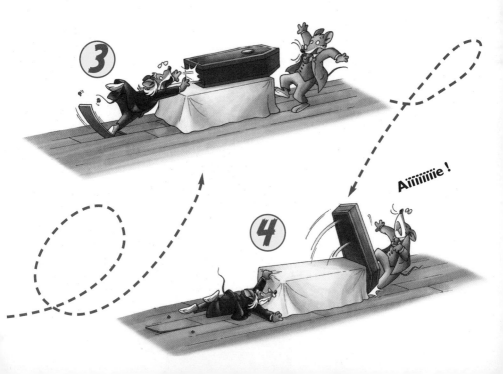

Aïïïïïïïïie !

BRRR,
QUELS FRISSONS !

Il faisait maintenant nuit noire et il pleuvait à seaux. Toute la famille décida :

– Nous enterrerons oncle Zébulon demain !

Oncle Demilord accepta de mauvaise grâce.

Puis il nous conduisit à nos chambres.

Nous montâmes un escalier dont les marches grinçaient.

Oncle Demilord tenait un chandelier à cinq branches mais avec une seule bougie allumée

(*pour faire
des économies !*),
parce qu'il n'y avait pas
l'électricité au château.
La FLAMME de la bou-
gie jetait sur les murs des lueurs
lugubres. Je l'entendis murmurer :

– Quand je pense à tout ce que ça me
coûte rien qu'en bougie...

CASTEL RADIN

CÔTÉ NORD
1. PUITS
2. RÉSERVE
3-7. CHAMBRES À COUCHER

8-9. SALLES DE BAINS
10. BUREAU DE BIGOUDINE
11. GRENIER

Oncle Demilord accompagna Téa, Traquenard et Benjamin dans leur chambre. Puis il me conduisit devant une **porte noire**, en murmurant :

– Toi, cher neveu, je t'ai réservé la meilleure chambre... celle où dormait notre ***CHER DÉFUNT***, la chambre d'oncle Zébulon !

Puis il se moucha dans ma cravate.

Je murmurai :

– Euh, merci, oncle Demilord, mais je peux très bien dormir ailleurs et...

– Non non non, j'insiste, tu dormiras là !

Il entra et le chandelier éclaira une chambre dont les plâtres se craquelaient, avec un très vieux lit tout cassé !
Oncle Demilord se moucha dans la manche de ma veste :
– Pauvre oncle Zébulon…

Tout est resté comme il l'a laissé, avant de… tu comprends… bref, avant de CLAQUER !

Puis il s'en alla en murmurant :

– Bonne nuit, cher neveu. Je t'en prie, *ne* pense *pas* trop à l'oncle, *n*'aie pas peur d'attraper la sourilite aiguë, *ne* concentre *pas* ta pensée sur le fait que c'était ici sa chambre, *ne* pense *pas* qu'il a CLAQUÉ justement dans ce lit, *ne* pense *pas* qu'on l'ENTERRE demain, *ne* pense *pas* que, d'après la légende, Castel Radin est infesté de FANTÔMES… bref, *ne* rêve *pas* à l'oncle Zébulon… bonne nuit quand même !

Avant de sortir, il se moucha dans le col de ma veste.

C'est alors que je hurlai, à bout :

– Mais enfin, tu n'as pas de mouchoir ?

Il ricana :

– Si, mais je ne veux pas L'USER !

Je me couchai tout habillé sous les couvertures pleines de trous :

– Par mille mimolettes… j'ai une FROUSSE FÉLINE !!! Brrr, quels frissons !

Je frissonnai parce que :

a) j'étais dans le noir ! Oncle Demilord avait emporté la bougie *(pour faire des économies !)* ;

b) il régnait un froid terrible ! Les flammes, dans la cheminée, étaient peintes *(pour faire des économies !)* ;

c) j'entendais des bruits bizarres ! Les fenêtres grinçaient : elles étaient toutes cassées et n'avaient jamais été réparées *(pour faire des économies !)* ;

d) j'avais peur ! Les rideaux étaient agités par les courants d'air et on aurait dit des fantômes !

ZÉBULON...
ZÉBULOOOON...
ZÉBULOOOOOOOON !

J'essayai de **m'endormir**, mais je n'arrivai pas à trouver le sommeil, parce que j'avais **TROP PEUR** !

La foudre qui tombait près du château éclairait **SINISTREMENT** les fenêtres. Le vent soufflait et semblait murmurer :

ZÉBULON...
ZÉBULOOOON...
ZÉBULOOOOOOOON...

Je décidai de descendre à la cuisine pour me préparer une tasse de camomille.

Je descendis l'escalier qui **CRAQUAIT**, à tâtons, car je n'avais pas de bougie !

Enfin, j'arrivai à la cuisine.

J'entendis quelqu'un trottiner dans un coin…

Une ombre monstrueuse se projeta sur le mur !

L'ombre tendit une griffe menaçante !

– Q-qui va là ? hurlai-je.

Mais… ce n'était pas l'ombre d'une griffe…

Qu'est-ce que ça pouvait bien être ?

C'est alors que du coin sortirent...

Téa, **TRAQUENARD** et Benjamin !*

– Ooooh ! C'était toi ? s'écrièrent-ils.

– Ooooh ! C'était vous ? m'écriai-je.

Ils s'expliquèrent :

– Nous voulions nous préparer une tasse de

CAMOMILLE.

Mais ce n'était pas facile. Nous
fouillâmes dans tous les placards,
mais nous ne trouvâmes qu'*un*
seul sachet de camomille... Évi-
demment, il avait déjà *servi* ! Tandis
que nous **FAISIONS CHAUFFER** de l'eau, je
marmonnai :

– *Par mille mimolettes*, ce cercueil a quelque
chose de bizarre. Il est beaucoup trop léger.
Tout cela me paraît très bizarre !

Téa suggéra :

– Et si nous allions contrôler le cercueil ?

Je frissonnai.

Retourne page 59 pour bien examiner l'ombre...

L'idée de toucher cette *chose* ne me disait rien du tout.

Mais Téa *SE PRÉCIPITAIT* déjà vers la pièce où se trouvait le cercueil.

Elle s'approcha, souleva le couvercle… et poussa un cri :

ARRÊTE,
GROS MALIN !

Nous nous écriâmes :

– LE CERCUEIL EST VIIIIIIIIIIIIIIDE ?

Je balbutiai :
– Q-qu-qu-quoi ? Le cercueil est vide ? Mais alors, c'est qu'oncle Zébulon est revenu à la VIE ? !
Traquenard cria :
– *Par mille mimolettes*, où est passé oncle Zébulon ?
Benjamin murmura :
– Et si… oncle Zébulon n'avait jamais existé ? !
Au même instant, une *ombre* tenta de se faufiler silencieusement au-dehors de la pièce.
Je hurlai : – Aaaaaaaaaaaaaaaagh !!!

L'ombre, rapide comme un éclair, *BONDIT* en direction du couloir, mais Traquenard la rattrapa par la queue, en hurlant :
– Arrête, gros malin !
Nous allumâmes une bougie, qui *éclaira* un museau pointu, un **pelage** couleur noisette, des sourcils blancs en broussaille… Nous nous écriâmes, stupéfaits :
– Oooooh !

– Oooooh !

– Oncle Demilooooooord ?

– Que fais-tu ici ?

– Et pourquoi le cercueil est-il vide ?

– Ooooh, mes chers neveux, pardonnez-moi ! Je… euh… je dois vous expliquer quelques petites choses…

TOUT ÇA, C'EST UN STRATAGÈME !

Nous nous écriâmes en chœur :

– Te pardonner ? Qu'avons-nous à te pardonner ?
Et puis, que dois-tu nous expliquer ?

Réveillés par le bruit, *tous* nos parents arrivaient
les uns après les autres : *tous* les *Stilton* et *tous*
les **Zanzibar** !

Ils écoutèrent en silence, pendant que Demilord
essayait de s'expliquer **EN PLEURANT** :

– Bon, je vais tout vous raconter...
vraiment tout !

Il reprit :

– Il y a quelque temps, dans la Salle
des Cérémonies, sur un rayonnage
de la *bibliothèque*, j'ai trouvé un
vieux parchemin. Le voici !

Ce jour, à l'occasion du mariage d'Astolphe
Balépattes Zanzibar et de Blanchequeue Stilton,
les familles Zanzibar et Stilton s'allient et
se jurent une éternelle amitié.

Par ce parchemin, Astolphe et Blanchequeue
déclarent que, de même que leur amour durera
éternellement, ces deux familles seront
éternellement amies et partageront le château
où est né leur amour.

C'est pourquoi Astolphe et Blanchequeue
lèguent ce château à tous les descendants
de la famille Zanzibar et de la famille Stilton,
pour qu'ils puissent y demeurer ensemble et
en harmonie, à condition qu'ils vivent toujours
en bon accord, à notre exemple.

En foi de quoi nous signons, Astolphe
et Blanchequeue

Demilord sanglota :

– Quand je suis tombé sur ce PARCHEMIN, j'ai eu peur de devoir partager le château avec toute la famille Zanzibar et toute la famille Stilton. Je suis vieux, j'ai passé toute ma vie dans ce château.  C'est ma maison, je suis attaché à ces vieux murs : j'aime les courants d'air de ses FENÊTRES CASSÉES et l'odeur de moisi de ses pièces décrépites. Je l'aime comme il est !

J'avais peur de perdre ma maison, vous comprenez ? Je me suis laissé gagner par la panique, et c'est ainsi que j'ai inventé un légataire UNIVERSEL de tout le patrimoine des Zanzibar, l'oncle Zébulon, qui, en réalité, n'a jamais existé ! J'ai aussi INVENTÉ qu'il me léguait tout... j'ai fait *comme si* l'oncle Zébulon venait de MOURIR et je vous ai tous invités ici à la *fausse* cérémonie pour lire son *faux* testament où je *disais* qu'il me léguait son château.

Tous les parents s'écrièrent :

– Tout est faux ? !

Demilord hurla :

– Ouiiiiiiiiii ! Tout est fauuuuuuuuuuuuuux ! Personne n'est mooooooooort ! Pourrez-vous me pardonner, chers parents ?

Traquenard marmonna :

– Tu as découvert que le château nous appartenait **à tous** et tu voulais le garder **pour toi tout seul** ? Ce que tu as fait, oncle Demilord, ce n'est pas joli joli.

Tous les *Stilton* et tous les **Zanzibar** s'enfermèrent dans la Salle des Banquets pour décider s'il fallait ou non lui pardonner. Moi, je restai pour tenir compagnie à oncle Demilord : même s'il nous avait trompés, je ne voulais pas le laisser SEUL.

Il ne parlait plus, mais sanglotait tout bas.

Il voulut essuyer ses **LARMES** à ma cravate, mais je lui dis :

– Tonton, je sais que tu as un mouchoir, il est dans ta poche ! Fais un effort pour *vaincre* ton avarice ou tu ne guériras jamais !

Il marmonna :

– Euh, tu as raison, neveu…

La porte s'ouvrit et Traquenard **annonça** :

– La famille a décidé : nous te pardonnons, mais…

Demilord exulta :

– Hourra ! Merci merci !

Traquenard ricana :

– … mais tu devras **RESTAURER** le château et t'engager à nous inviter à passer TOUTES les vacances ici, à tes frais !

Demilord se livra à un rapide calcul :

Gloups !

– Restaurer ? Vacances ?? À mes frais ??? Mais vous voulez ma ruine !

Puis il *s'évanouit*.

PATIENCE...
JE VOUS EXPLIQUERAI
APRÈS !

Pendant que nous éventions Demilord pour qu'il REPRENNE SES ESPRITS, oncle Pétarade se mit à crier :

– Pour détendre un peu l'atmosphère, je vais vous raconter quelques bonnes blagues sur l'AVARICE ! Par exemple...

Un avare dit à un libraire :
– Combien coûtent Les Mille et Une Nuits ?
– Trente euros, monsieur.
– C'est trop cher, donnez-moi seulement une nuit !

Tous les *Stilton* éclatèrent de rire… mais *aucun*
des **Zanzibar** ne rit !
Oncle Pétarade poursuivit :

Un avare rencontre son médecin dans la rue. Heureux
de pouvoir économiser le prix d'une consultation, il lui dit :
– Docteur, j'ai un rhume épouvantable.
Que me conseillez-vous de prendre ?
Et le médecin :
– Un mouchoir !

Quelle est la plus grande satisfaction
pour un avare ?
Parvenir à se glisser dans la fente
d'une *tirelire.*

Tous les *Stilton* éclatèrent de rire... mais *aucun* des **Zanzibar** ne rit !

Il fit comme si de rien n'était et continua :

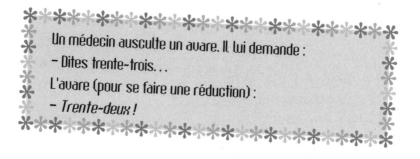

Un médecin ausculte un avare. Il lui demande :
– Dites trente-trois...
L'avare (pour se faire une réduction) :
– Trente-deux !

Pourquoi les avares n'aiment-ils pas les réfrigérateurs ?
Parce qu'ils ne sont jamais certains que, quand ils ferment leur porte, la lumière s'éteint bien à l'intérieur !

Cette fois encore, *tous* les *Stilton* éclatèrent de rire… mais *aucun* des **Zanzibar** ne rit !

Oncle Pétarade ricana :

– Ah, vous ne riez pas ? Patience…

je vous expliquerai après !

Les Zanzibar le fixèrent d'un air de plus en plus menaçant, faisant cercle autour de lui… et, pendant un instant, je pensai qu'ils allaient lui mettre la 🐾🐾🐾🐾🐾 dessus !

Oncle Pétarade regarda ces museaux sévères, et même tristes. Le plus TRISTE de tous était celui de Bigoudine, la sœur cadette d'oncle Demilord. Bigoudine ne rit jamais… Demilord le lui interdit, il prétend que rire, c'est gaspiller son énergie !

Je la regardai mieux : c'était une rongeuse d'un âge indéfinissable, très négligée, vêtue d'une robe de chambre en tissu synthétique de couleur incertaine, avec des bigoudis sur la tête. Quelle allure aurait-elle eue sans ces bigoudis…

c'était comme s'ils avaient toujours fait partie de sa tête ! Bigoudine collectionne des *ampoules* **grillées** (que pourrait-elle collectionner d'autre, la pauvre ?) et, à ses moments perdus, elle fait du tricot. Elle est spécialisée dans les chaussettes à rayures **bariolées**, qu'elle tricote avec des restes de laine glanés ici ou là.

Demilord se moque toujours d'elle :

– Bigoudine ne sait faire que des chaussettes ! Hi hi hi !

COLLECTION D'AMPOULES GRILLÉES DE TANTE BIGOUDINE.

MAIS QUI...
MAIS POURQUOI ? !

Pétarade cria :
– Mais vous ne riez jamais, vous ? Même pas si on vous *chatouille* avec une plume ?
Puis il consulta son ENCYCLOPÉDIE DES BLAGUES, en marmonnant :
– Euh, il me semble pourtant me **rappeler** une *blague* sur... voilà... oui... en effet !
Oncle Pétarade annonça :
– Et maintenant, je dédie une blague spéciale à une personne SPÉCIALE ! SPÉCIALE ! SPÉCIALE !
À notre très chère Bigoudine !
Puis il commença à raconter...

Quel est le comble pour un électricien ?
C'est d'avoir des ampoules au pied !

Tous les *Stilton* éclatèrent de rire… mais *aucun* des **Zanzibar** ne rit !
Mais tante Bigoudine

entrouvrit les yeux.

Fronça les lèvres.

Plissa le nez.

Ouvrit la bouche.

Je crus qu'elle allait éternuer, mais…

ELLE ÉCLATA DE RIRE !

C'était un rire extraordinaire, bruyant, assourissant !
Si communicatif que tous les autres Zanzibar
éclatèrent de rire à leur tour !

La bonne humeur est contagieuse !
La bonne humeur est contagieuse !
La bonne humeur est contagieuse !
La bonne humeur est contagieuse !

C'est alors qu'oncle Pétarade me murmura :

– Neveu, je crois bien que je suis tombé *amoureux*...

– Quand ? lui demandai-je.

Il s'exclama :

– À l'instant !

Je regardai autour de moi et demandai :

– Mais de qui ?

Et lui :

– De cette *créature enchanteresse !*

Je regardai encore autour de moi et demandai :

– Mais de quelle créature enchanteresse ?

Il désigna Bigoudine :
– C'est elle, la rongeuse de ma vie !
Je demandai :
– Mais pourquoi ?
Il soupira d'un air rêveur :
– Aaaaaaah, j'adore son rire…

UNE SEMAINE PLUS TARD…

Pendant une semaine entière, oncle Pétarade continua de *courtiser* Bigoudine, essayant de la séduire par tous les moyens. Il lui envoya une boîte de chocolats en forme de **cœur**, mais Demilord cria :

– Je vais les rapporter à la **pâtisserie** pour les échanger contre cinq kilos de sucre. Ça, au moins, c'est utile, ce n'est pas comme ces stupides **sucreries** !

La pauvre Bigoudine se taisait, triste.

Pétarade essaya aussi de lui chanter une sérénade sous sa fenêtre, mais Demilord cria, en claquant les volets :

– **Économise tes cordes vocales, gaspilleur !**

La pauvre Bigoudine se taisait, triste.

Pétarade lui offrit un bouquet d'AMPOULES, pour sa collection.

Et Demilord marmonna :

– Pff, quel gâchis… de toute façon, elles sont **neuves**, et Bigoudine ne collectionne que des ampoules grillées, pas des neuves *(pour faire des économies !)*.

La pauvre Bigoudine se taisait, triste.

Cependant, son amour pour Pétarade grandissait.

Personne ne s'y attendait, mais, à la fin de la semaine, Bigoudine et Pétarade DÉCLARÈRENT :

– Nous avons une grande nouvelle à vous annoncer : nous voulons nous marier ! Ou plutôt, nous allons nous marier… dans une semaine !

BOUQUET D'ARTICHAUTS ET GUIRLANDES D'ORTIES

Tous les *Stilton* et tous les **Zanzibar** s'écrièrent en chœur :

– **Vous voulez vraiment vous marier ? Dans une semaine ??**

Oncle Demilord s'écria :

– Oooooooh, mais ça va coûter combien ? Vous voulez vraiment vraiment ma ruine !

Puis *il s'évanouit*.

Je le ranimai :

– Oncle Demilord, ce qui compte, ce n'est pas combien ça va coûter, mais combien tante Bigoudine sera heureuse !

Gloups !

Téa chicota :

– Cette histoire est très romantique : on dirait Roméo et Juliette !

Demilord se plaignit :

– Ça commence par les vacances pour tout le monde à mes frais, Ça continue par le *mariage* : *mais alors vous voulez vraiment vraiment vraiment ma ruine !*

Il sortit un calepin gras et graisseux et commença à noter des chiffres et des chiffres.

– Faisons quelques comptes. Chère Bigoudine, pas de robe de mariée : tu peux te marier comme tu es, en

Roméo et Juliette est l'une des plus célèbres tragédies du grand poète et dramaturge anglais William Shakespeare (1564-1616). L'œuvre raconte l'histoire d'amour de deux jeunes gens, à laquelle s'opposent leurs familles, les Montaigu et les Capulet, deux nobles maisons rivales de Vérone, en Italie.

Robe de mariée...

Alliances...

Buffet...

Décorations...

Invitations à la cérémonie...

Bouquet...

robe de chambre et bigoudis
(pour faire des économies !). Pour le bouquet de la mariée, pas de fleurs, mais un beau bouquet d'ARTICHAUTS que nous irons cueillir dans le jardin du voisin *(pour faire des économies !)*. Au lieu d'imprimer des *invitations* pour le mariage, nous les écrirons à la main sur un rouleau de PAPIER HYGIÉNIQUE *(pour faire des économies !)*… Comme décoration, pas de guirlandes, mais des brassées d'orties *(pour faire des économies !)*. Et pour les alliances, j'ai deux bagues de plastique doré que j'ai trouvées dans un œuf de Pâques. Ça fait des années que j'ai ça, je me disais bien que ça finirait par servir *(pour faire des économies !)*. Nous ne ferons pas un vrai *repas de mariage*, nous mangerons à la cuisine *(pour faire des économies !)*, RIEN que nous

Menu du repas nuptial

Hors-d'œuvre : 1 haricot !

Entrée : 1 spaghetti,
avec 1 goutte de sauce tomate et
1 feuille de basilic !

Plat de résistance : 1 crevette !

Garniture : 1 feuille de laitue,
assaisonnée avec 1 goutte de d'huile,
1 goutte de vinaigre et
1 grain de sel !

Dessert : 1 miette de tarte et
1 chocolat !

Café : 1 goutte !

Boisson : eau (du robinet) à volonté !

À la demande : 1 goutte de digestif !

trois : toi, ton mari et moi *(pour faire des économies !)*. Et voici le MENU *(pour faire des économies !)*…

Bigoudine n'était pas d'accord :

– Ce doit être le plus beau jour de ma vie. Je veux une vrai *fête nuptiale* et je veux partager ma joie avec *tous* les rongeurs que j'aime : j'inviterai tous les *Stilton* et *tous* les Zanzibar à la fête et je partagerai *tout* ce que j'ai avec eux. Aimer, cela veut dire partager ce que l'on a, que ce soit peu ou beaucoup !

Demilord cria :

– Ça commence par les vacances à mes frais. Ça continue par le *mariage*. Et maintenant, voilà la fête : *mais alors vous voulez vraiment vraiment vraiment vraiment ma ruine !*

Puis il s'évanouit de nouveau.

Gloups !

MAIS COMME TU AS CHANGÉ !

Le lendemain, quand nous nous réveillâmes, Bigoudine n'était plus là.

Demilord cria :

– Où est ma sœuuuuuuuuuuuuuuur ?

Traquenard ricana :

– Elle est allée en ville. Elle a dit qu'elle allait faire des achats pour son mariage… PLEIN d'achats !

Demilord PÂLIT et porta aussitôt la main à son portefeuille :

– A-achats ? P-pour le mariage ? P-plein d'achats ?

Mon cousin ricana :

– Bigoudine n'y est pas allée toute seule. Elle était accompagnée par ses amies : *toutes* les Stilton et *toutes* les Zanzibar ! Elle a dit qu'elle devait aller chez le coiffeur... chez l'esthéticienne... chez la couturière... chez le FLEURISTE... à la parfumerie... chez le bijoutier... et même...

Demilord commença à GÉMIR :

– Ooooooh non ! Combien tout cela va-t-il coûter ? Vous voulez vraiment ma ruine !

Pendant des heures, il fit nerveusement les cent pas devant la cheminée.

Quand Bigoudine rentra enfin, il courut à sa rencontre, tout angoissé, et poussa un cri :

– Bigoudine ! Mais comme tu as changé !

Elle est passée chez le fleuriste
pour choisir son bouquet de mariée !

…Maintenant, elle
est aussi resplendissante
que ses fleurs !

Puis elle est allée à la bijouterie
et elle s'est laissée séduire
par une délicieuse parure :
collier, bracelet et bague,
tout cela coordonné !

…Maintenant, elle n'a jamais
été aussi heureuse !

Enfin, elle est allée
à la parfumerie pour acheter
un parfum très délicat !

…Il suffit d'en vaporiser
un peu pour avoir beaucoup
de classe !

L'AMOUR EST AUSSI...
LE MEILLEUR
DES SOINS DE BEAUTÉ !

La rongeuse que nous avions devant nous était méconnaissable.

C'était Bigoudine...
et pourtant ce n'était pas elle...
et pourtant c'était elle !

Elle ricana :

– Eh oui, j'ai bien changé, Demilord. Ce matin, je me suis levée et je me suis dit : « Je les ai assez vus, ces bigoudis ! ».

C'est comme ça que j'ai fait quelques **chan-gements**.

Qu'en dis-tu ?

Demilord ouvrit la bouche, comme pour dire : « Combien tout cela a-t-il coûté ? », mais oncle Pétarade fut plus rapide et *se jeta à ses pieds, en adoration.*

– Ma très chère Bigoudine, tu me plaisais déjà avant,
mais, maintenant, tu es vraiment *très belle* !

Nous nous pressâmes tous autour d'elle, pour
confirmer :

– C'est vrai, tu es *très belle* ! On dirait même
que tu es beaucoup plus jeune !

Elle déposa un baiser sur les moustaches d'oncle
Pétarade.

– Très cher Pétarade, si, aujourd'hui, tout le
monde me trouve belle et jeune, ce n'est pas seulement dû au *vêtements*, aux bijoux et aux *par-
fums*. C'est surtout parce
que tu m'as redonné
confiance en moi-même !
Parce que tu m'as fait
découvrir le soin

de beauté le plus efficace du monde : *l'amour* !

Demilord soupira :

– Quoi ? *L'amour* ! Un soin de beauté ?

Bigoudine répéta, rêveuse :

– *L'amour* vous change à l'intérieur et à l'extérieur… et c'est **gratuit** !

Demilord marmonna tout bas :

– Peut-être, mais les vêtements, les bijoux et tout le reste, ce n'était pas **gratuit**, et qui va **payer** ? Bigoudine ne possède rien !

Puis il cria à sa sœur :

– Tout est à moi, à moi, à moi !

Indigné, je m'avançai et dis :

– C'est moi qui paierai, je suis heureux de faire ce cadeau de mariage à tante Bigoudine.

Pétarade, d'un air décidé, s'avança à son tour :

– Non, c'est moi qui paierai, je suis *heureux* de rendre heureuse ma future épouse.

Bigoudine fit aussi un pas en avant :

– Merci Geronimo, merci Pétarade. Vous êtes vraiment de *noblerats*. Mais je n'ai pas besoin que vous m'aidiez… je me débrouillerai toute seule !

Toutes ses amies s'écrièrent en chœur :

– Oui, je me débrouillerai toute seule !

Demilord ÉCARQUILLA LES YEUX :

– Quoiiiii ? Toute seuuuuuuule ?

Bigoudine sourit sous ses moustaches.

– Ce matin, accompagnée de toutes mes *amies*, j'ai aussi fait le tour de toutes les boutiques de la ville.

Et tu sais quoi, Demilord ?

Ce n'est pas vrai que je ne vaux rien. Et que je ne sais faire que des *chaussettes*. Parce que mes « chaussettes » ont beaucoup plu, elles sont très À LA MODE, maintenant, à Bourgsilence !

Téa alluma la télévision.

Sur l'écran apparut le museau d'une journaliste qui **ANNONÇA**, tout excitée :

– Une nouvelle mode vient de gagner la ville : les chaussettes à rayures BARIOLÉES ! Toutes les rongeuses les plus *trendy** D-O-I-V-E-N-T absolument en avoir une paire ! La mode a été lancée ce matin par les boutiques les plus « *in* » de la ville ! Il semble que ces chaussettes soient l'œuvre d'une certaine Bigoudine Zanzibar : nous sommes à sa recherche pour l'interviewer !

*Trendy : en anglais, cela signifie « à la mode ».

Le téléphone sonna : c'étaient des **journalistes** qui recherchaient Bigoudine ! Et puis des **boutiques** qui voulaient commander ses chaussettes ! Et puis une *banque* qui voulait lui proposer un prêt pour qu'elle puisse ouvrir un magasin rien qu'à elle !

Nous nous écriâmes tous en chœur :

– Bravo Bigoudine ! Bien joué !

Nous voulons proposer un prêt à Bigoudine Zanzibar !

Nous voulons interviewer Bigoudine Zanzibar !

Nous voulons commander 100 paires de chaussettes signées Bigoudine Zanzibar !

Si tu apprends à aimer...

Aimer, c'est bon, ça réchauffe le cœur,
Et ça te donne plein de bonne humeur !
Apprends à sourire, apprends à aimer,
Apprends la joie de vivre et de rêver !

Aime-toi toi-même, pour commencer,
Peu importe que tu sois beau ou laid,
Car c'est dans ton cœur qu'est la vraie beauté !
Là est ta grande richesse, tu sais.

Aime ensuite tous les gens qui t'entourent,
Découvre tes amis jour après jour,

Aie confiance en eux, chasse la colère
S'ils font de menues critiques sincères !

Aime la nature, les bois et les champs,
Le ciel, les nuages, la mer, l'océan !
Un petit insecte est à protéger,
Sur cette terre où il est beau d'aimer !

Aimer, c'est bon, ça réchauffe le cœur,
Et ça te donne plein de bonne humeur !
Apprends à sourire, apprends à aimer,
Apprends la joie de vivre et de rêver !

Aimer, c'est bon...

UNE RONGEUSE
BIZARRE !

Le jour dit, il y eut une très belle cérémonie et un
excellent repas de noce.

C'était le cadeau de mon cousin Traquenard : il
avait cuisiné pour tous, parce qu'il voulait que rien
ne manque, à la fête, pas plus l'affection chaleu-
reuse que des mets appétissants !

Puis les lumières baissèrent et le plus célèbre
pianiste de Sourisia commença à jouer une très
douce *musique romantique.*

C'est à ce moment, à ce moment précis, que je
sentis un doux (et même trop doux) parfum
de *rose.*

Une petite voix me cria à l'oreille :

– Salut, Geronimo, belle cérémonie, pas vrai ? !
Une nouvelle pareille, ça va friser les moustaches
de mes lecteurs...
C'était 𝒵𝑒𝑙𝑖𝑛𝑑𝑎 𝒵𝑎𝑛𝑧𝑖𝑏𝑎𝑟, la cousine jour-
naliste de Rejeton !
– Tu as raison, Bigoudine et Pétarade forment
vraiment un beau couple ! dis-je.
Elle me fit un clin d'œil :
– Nous aussi, nous formerions un beau couple !

Prénom : Zelinda
Nom : Zanzibar
Qui est-ce : une parente éloignée
de Geronimo Stilton.
Profession : journaliste.
Elle tient la rubrique « Courrier
du cœur » pour La Gazette du
rat, journal concurrent de l'Écho
du rongeur.
Signes particuliers : elle
porte toujours une rose rouge
piquée dans les cheveux.

Ses cheveux noirs crêpés lui donnaient un air encore plus **MASSIF** et, pour paraître fascinante, elle y avait piqué une *rose rouge*.

Elle portait une robe noire TRÈS MOULANTE : on avait l'impression que les coutures allaient exploser d'un instant à l'autre !

À son cou, un pendentif en forme de cœur avec les initiales 𝓩.𝓩.

Elle portait des escarpins à talons aiguilles... en acieR (brrr !).

𝓩elinda 𝓩anzibar était vraiment une rongeuse bizarre !

Et son sac à main était en mailles renforcées... d'acieR (brrr !).

𝓩elinda 𝓩anzibar était vraiment une rongeuse bizarre !

En vrai noblerat, je lui fis le baisepatte.

Elle s'exclama :

– Ça vous dirait de danser avec moi ?

Elle m'attrapa d'une poigne d'**aCieR** (brrr !) et m'entraîna au milieu de la piste :

– Poussez-vouuuus !

Zelinda Zanzibar était vraiment une rongeuse **bizarre** !

Puis elle se lança dans une valse étourdissante, en me faisant tournoyer comme une toupie !

LES ARTS MARTIAUX ?

Tandis que nous *dansions* la valse, je demandai à ℨelinda, histoire d'avoir quelque chose à dire :

– Toi qui t'y connais en problèmes sentimentaux, tu dois être du genre romantique. Que fais-tu de tes loisirs ? *Tu écris des poèmes, tu peins, tu fais de la broderie ?*

Elle soupira :

Aïe !

Ouille !

– Allons donc, je suis passionnée d'**arts mar-tiaux** : *judo, karaté, ju-jitsu, kung-fu, taï-chi, aïkido, kendo, wushu, savate, viet vo dao...*

J'étais ahuri :

– Les arts martiaux ?

Elle esquissa une prise de karaté...

Mais elle me fourra un doigt dans l'**ŒIL.**

Puis elle fit tournoyer son sac à main en mailles d'**acier** pour me montrer un autre mouvement...

Mais son sac vint taper mes oreilles, et je m'étalai de tout mon long au milieu de la salle.

Kiaiiii !

Ouille ouille !

Puis elle fit une pirouette, en hurlant :
- Kiaïïïïïïïïïïïïïïïïïïïïïïïïïïïïïïïïïïïïïïï !!!
Mais elle me frappa la tête avec ses talons aiguilles en aciѲR.
Elle m'embrassa passionnément :
– Mon beau souriçon, tu es vraiment fragile !
Mais ne t'inquiète pas, ta Zelindette prendra bien soin de toi !!
Tous les parents (curieux et cancaniers) se rassemblèrent autour de nous.
– Mais que s'est-il passé ?
– Il semble que *Geronimo* voulait épouser Zelinda...
– Comme c'est *romantique*...
– Comme ça, il y aura un autre mariage !
– Mais elle a refusé..
– Il paraît qu'il est déjà fiancé à une autre...
– Oui, une certaine Patty Spring...
– Zelinda était furieuse...

– Elle lui a piétiné la queue avec ses talons d'**acier**...

– Pauvre Geronimo...

Dès que je revins à moi, je m' **ÉCRIAI** en rassemblant mes dernières forces :

– *Par mille mimolettes,* je ne veux pas me marier !

Ou plutôt...
Je ne veux pas me marier avec Zelinda !

Un long long long voyage

Je saluai **Oncle Demilord** et tous les **Zanzibar**, qui m'embrassèrent les uns après les autres.
Désormais, nous étions tous amis !
En dernier lieu, je saluai **Zelinda**, qui en profita pour me murmurer à l'oreille :

– Alors, beau souriçon, on se **REVOIT** quand ?

Je répondis en **rougissant** :

– Au revoir, Zelinda. Nous nous reverrons, bien sûr... tôt ou tard !

Alors que la voiture de Téa *DÉMARRAIT*, pour rentrer à Sourisia, je l'entendis crier :

– Oui, mais quand ? quaaaaand ? quaaaaaaaaaaaaand, beau sourira-t-eau ???

Je frissonnai et criai de toutes mes forces :

– Bientôt, nous partons !

Puis je poussai un soupir de soulagement.

Zelinda était très sympathique, mais je suis un gars, *ou plutôt un rat*, très timide.

Nous partîmes à la **tombée du soir**, voyageâmes toute la nuit et arrivâmes à l'aube à Sourisia.

J'allai déposer mes bagages chez moi, pris une douche, grignotai un CASSE-CROÛTE (chocolat chaud et brioche au roquefort),puis, *calmement*, me rendis à *l'Écho du rongeur*.

J'entrai dans le bureau en **sifflotant**.

Je suis toujours de bonne humeur quand je vais au bureau, parce que j'aime mon travail et tous les rongeurs qui travaillent au journal sont mes **amis** !

J'entrai dans la rédaction : journalistes, photographes, illustrateurs, imprimeurs étaient en réunion...

De quoi pouvaient-ils bien discuter ?

JE SUIS UNE SOURIS FICHUUUUUUE !

Je disais donc que j'entrai et, intrigué, demandai :
– De quoi discutez-vous ?
Pimentine Pimenta annonça :
– Geronimo, pendant ton absence, nous avons eu
une nouvelle idée.
Je souris :
– Bravo, j'aime les idées nouvelles.
Pimentine poursuivit :
– Tu te souviens que nous devions créer une nou-
velle rubrique ?
– Oh oui, bien sûr, la nouvelle rubrique… répon-
dis-je, distrait.
– Nous avons pensé qu'une rubrique de courrier
du cœur pourrait marcher et nous nous sommes
adressés à la plus fameuse spécialiste de Sourisia.

Elle travaillait pour la GAZETTE DU RAT, mais je suis fière de t'annoncer, cher Geronimo, que cette demoiselle (qui, entre autres choses, est une de tes admiratrices) *a déjà signé le contrat* !
Une lampe *s'alluma* dans mon *petit cerveau*.

Courrier du cœur ?
        La plus fameuse spécialiste ?
                Une de mes admiratrices ?

Pimentine poursuivit :
– En plus, c'est aussi une parente éloignée à toi : elle s'appelle...

Je bondis sur mes pieds et hurlai, très inquiet :
– COMMENT S'APPELLE-T-ELLE ?
Mini Tao, Patty Pattychat, Gogo Go, Matraquette
Matraqueratte, Dolly Filaratty crièrent en chœur :
  – …elle s'appelle Zelinda Zanzibar !!!
      Je m'écriai :
        – Zelinda ? Zanzibar ? *Par mille mimo-
        lettes*, je suis une **SOURIS FICHUUUUUE** !
      C'est alors que j'entendis un hurlement :   –
    Beau souricon, tu es content ? Maintenant,
je travaille pour toi, comme ça, nous allons pouvoir nous voir tous tous tous les jours… tu es
content, **ma belle peluchette** ? Mignon mignon
mignon *souriceau adoré*, **ratino chéri**, *beau*
sourignou de ta Zelindette…
Je n'eus pas le temps d'en entendre davantage, et
ça valait peut-être mieux **comme ça**.
Je m'évanouis.

Il fallut me réveiller avec des sels au GRUYÈRE AFFINÉ. Il se passa encore bien des choses après que Zelinda fut venue travailler au journal.

J'aimerais peut-être les raconter et vous aimeriez peut-être les écouter, mais c'est une autre histoire...

Une autre histoire au poil, parole de Stilton, *Geronimo Stilton !*

TABLE DES MATIÈRES

Geronimo Stilton

DANS LA MÊME COLLECTION

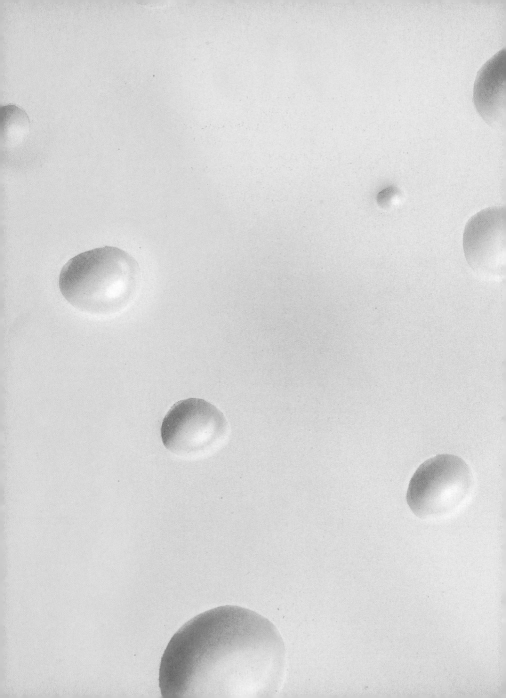

L'Écho du rongeur
1. Entrée
2. Imprimerie (où l'on imprime les livres et le journal)
3. Administration
4. Rédaction (où travaillent les rédacteurs, les maquettistes
   et les illustrateurs)
5. Bureau de Geronimo Stilton
6. Piste d'atterrissage pour hélicoptère

Sourisia, la ville des Souris

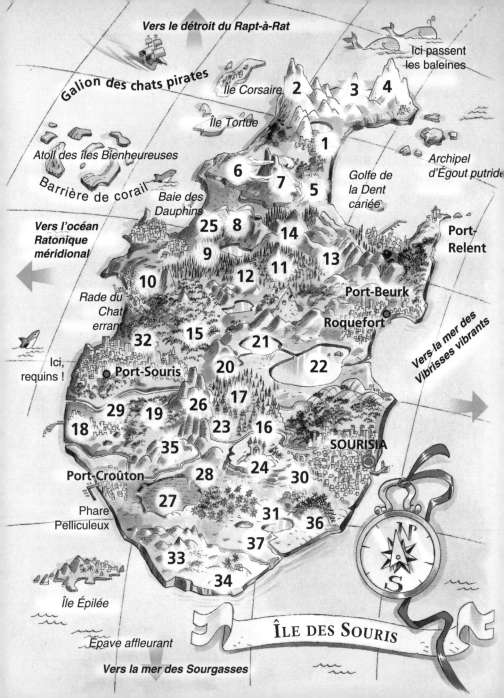

Vers le détroit du Rapt-à-Rat

Ici passent les baleines

Galion des chats pirates

Île Corsaire

2   **3**   **4**

Île Tortue

1

Atoll des îles Bienheureuses

Archipel d'Égout putride

Barrière de corail

6   **7**   **5**

Golfe de la Dent cariée

Baie des Dauphins

Vers l'océan Ratonique méridional

25   **8**

9

14

Port-Relent

11   **13**

12

10

Rade du Chat errant

Port-Beurk

Roquefort

32   **15**

21

Vers la mer des Vibrisses vibrants

Ici, requins !

Port-Souris

20   **22**

17

29   **19**   **26**

23   **16**

18

35

SOURISIA

Port-Croûton

28   **24**   **30**

Phare Pelliculeux

27

31   **36**

37

33

Île Épilée

34

N

O   E

S

Épave affleurant

ÎLE DES SOURIS

Vers la mer des Sourgasses

Île des Souris

Au revoir, chers amis rongeurs, et à bientôt
pour de nouvelles aventures.
Des aventures au poil, parole de Stilton, de...

Geronimo Stilton

WITHDRAWN
FROM
COLLECTION